HÉSIODE ÉDITIONS

ISABELLE DE CHARRIÈRE

Les Ruines d'Yedburg

Hésiode éditions

© Hésiode éditions.

1 rue Honoré - 93500 Pantin.
ISBN 978-2-38512-054-2
Dépôt légal : Octobre 2022

Impression Books on Demand GmbH

In de Tarpen 42
22848 Norderstedt, Allemagne

Les Ruines d'Yedburg

L'une des branches d'une très-ancienne famille d'Écosse étoit tombée dans l'oubli et l'abjection. Ses malheurs datent de trop loin pour qu'on puisse en rendre compte avec exactitude, mais voici ce que l'on sait.

Du tems de Marie d'Écosse, ou déja auparavant, une autre branche de la même famille prit parti contre les sectateurs de la nouvelle religion, que la branche dont nous parlons avoit embrassée, et ces parens ennemis se firent beaucoup de mal. Fidelle aux Stuards comme à la foi de ses peres, un descendant de la branche catholique suivit Jaques second en France, et marié avec une Françoise, fille riche et de qualité, il en eut un fils, qui fort jeune encore, passa la mer en 1745. avec le dernier prétendant..

Après la défaite de Culloden il se sauva en France. Il fut jugé et condamné, et ses biens ayant été confisqués, cette partie de la sentence fut exécutée avec tant de rigueur et de précipitation, qu'on l'étendit sur les biens de l'autre branche, qui déja très-pauvre se vit entierement dépouillée. Sans doute il eût été facile de revenir contre cette injustice, supposé qu'on n'eut pu l'empêcher, mais James Stair qui en étoit la victime n'avoit ni la capacité ni l'activité nécessaires, et sa vie étoit si obscure qu'à peine savoit-on qu'il existât.

Déjà son pere et son grand-pere avoient laissé sans réparation le vieux château de Yedburg, long-tems en litige, qu'on leur avoit enfin abandonné : lui-même il laissoit sans culture des terres depuis long-tems hypothéquées, pour une somme dont il payoit peu régulierement l'intérêt. Ses créanciers, soit négligence, soit pauvreté, soit que dans ces tems de troubles et de vengeances ils fussent obligés de se cacher ou de s'enfuir, ne firent pas mieux valoir leurs droits, sur cette possession dégradée, que l'indolent propriétaire. Tout fut donc perdu pour James Stair et pour ses deux fils alors en bas âge ; tout fut perdu jusqu'à leur nom, car pour se tirer de l'indigence où l'on se vit réduit, il fallut prendre le nom du pere de la femme de James qui ne légua qu'à ce prix à sa fille ainée, épouse de James, son bien, consistant en une métairie, un petit domaine, un peu de bétail, quelques chevaux et tout l'attirail du labourage. Les Stair ne s'appellerent donc plus que Woodbridge.

L'ainé des fils de James, baptisé James aussi, épousa Jane Hill, dont après plusieurs années de mariage il eut deux fils, qu'on nomma, l'ainé James, comme son pere et son grand-pere, le cadet Charles, comme son oncle. C'est à cet oncle, enfant au berceau en 1746, lors de l'injuste confiscation du domaine de son pere, qu'il nous faut maintenant retourner.

Moins indolent que James son pere, plus spirituel que James son frere, celui qui en 1766 devint l'époux de Jane Hill fille d'un charpentier, il apprit presque seul à lire et à écrire. À dix-sept ans ennuyé de son oisiveté, et supportant impatiemment la négligence de son pere, (car la métairie n'étoit pas réparée comme elle auroit du l'être, les champs étoient mal cultivés et le bétail mal tenu) à dix-sept ans Charles résolut de quitter la maison paternelle.

Comme il savoit l'arithmétique outre qu'il écrivoit parfaitement, il espéra se pousser dans le commerce dont à force de questionner tous ceux qu'il rencontroit, et d'étudier les livres qu'il avoit pu se procurer, il avoit acquis quelque notion. Son pere quand il lui dit son projet haussa les épaules, sa mere ne dit lien, mais on vit briller dans ses yeux l'espoir et la joye. Il ne leur demanda que leur bénédiction, mais sa mere l'accompagnant jusques sur les ruines du vieux château, lui donna le peu d'argent qu'elle avoit épargné depuis son mariage. Je le gardois, lui dit.elle, pour une dernière ressource, si la négligence amenoit enfin la misere, mais c'est un talent enfoui entre mes mains, il fructifiera dans les tiennes. Elle ajouta, tu t'appelles Stair. Il y a eu dans ta famille des biens et des titres. Le comte de D., rebelle et expatrié, s'appelloit. Stair. Ce château dont tu vois les ruines, ou qui pour mieux dire n'existe plus,, a été la demeure de tes ancêtres.

Charles auroit voulu faire quelques questions, mais sa mere voyant venir son mari avec son fils aine et Jane Hill sa promise, dit adieu à Charles et te quitta.

Charles s'achemina à Barwick, s'embarqua, alla fort loin, fut tantôt malheureux tantôt heureux, mais toujours honnête homme. Devenu enfin passablement riche, il voulut revoir sa patrie. Il avoit trente-cinq ans, et son esprit étoit éclairé par beaucoup d'expérience.

Un jour qu'il descendoit l'escalier dans un hôtel garni de Bordeaux, où il étoit arrivé la veille, il rencontre un homme qui avoit de la peine à le monter. Aussitôt il offre avec cordialité son bras qu'on accepte avec politesse. Arrivés au haut de l'escalier ils se regardent et se trouvent un air qui leur rappelle l'Ecosse. Pourrois-je savoir, dit le vieux Seigneur, avec un accent tant soit peu anglois ou écossois, quel est l'homme secourable sur qui je m'appuye ? Je m'appelle Charles Stair, dit l'autre, et il alloit redescendre l'escalier, mais il fut retenu par une vive exclamation. Good God, Charles Stair ! Je croyois être le seul vieux reste de cette famille : je croyais ce nom prêt à s'éteindre avec moi. Entrez chez moi, Monsieur Stair, entrez et veuillez me faire votre histoire, après quoi vous voudrez bien écouter la mienne et il en résultera peut-être de la satisfaction pour tous deux.

Comme ils n'avoient rien à cacher, leur histoire à tous deux fut détaillée et véridique, et Mylord D., car il portoit en France son titre perdu (forfeited) dans sa patrie, Mylord D. finit par dire : Donnez-moi de vos nouvelles dès que vous serez arrivé chez vous. Comme je n'ai point d'enfans, ayant perdu mon fils unique, il ne sera pas difficile de faire revivre mon titre dans votre famille, quoique ce titre soit plus récent que la séparation des deux branches. Votre frere l'obtiendra aisément s'il est soutenu par votre activité et une partie de ma fortune. Dès-à-présent je vous prie de faire rebâtir a mes frais le vieux château de Yedburg, qui grace à nos éternels procès et à d'autres désastres n'est plus qu'un monceau de ruines. Je le sais par des voyageurs que j'ai questionnés ; mais ils n'ont pu me donner aucune nouvelle de vos parens. Le nom de Woodbridge, sous lequel le nôtre est enterré, les a fait entièrement méconnoitre. Je crains d'avoir aussi contribué à leur total abaissement, et mon zèle, inutile aux Stuards, a sans doute été nuisible aux restes malheureux de ma propre famille, car enfin vous n'avez le souvenir d'aucune autre propriété que de celle que vous tenez du pere de votre mère.

Charles Stair avant de partir de Bordeaux reçut de Mylord D. des lettres de change sur différens banquiers de Londres et d'Edimbourg pour le bâtiment dont il le chargeoit, et un acte en bonne forme par lequel des biens fonds situés en France, des obligations et autres effets, jusqu'à la valeur de vingt mille livres Sterlings, étoient assurés à celui de ses parens en qui on feroit revivre son titre. Monsieur, dit Mylord D. à Charles Stair, au moment de leur séparation, ce que j'ai fait a eu peut-être trop uniquement pour objet l'honneur de mon nom, et la reexistence d'un titre dont je m'honore, mais outre le bien que vous ferez, vous, à votre frere et à ses enfans, s'il en a, je veux leur en faire aussi et cela tout de suite. Rebâtir le vieux Yedburg n'est pas assez. Tirez sur moi tout ce qu'il faudra pour mettre chacun des mâles de votre famille en possession de mille pièces, et quant à vous, si quelque désastre ou quelque desir d'un établissement plus considérable que ne le permettroit votre fortune, si une fille d'un grand nom et d'un grand mérite… Charles ne le laissa pas achever, et lui serrant la main, s'enfuit.

Il s'embarqua à Calais, débarqua à Douvres, fut a Londres où il s'arrêta peu, traversa rapidement l'Angleterre et arriva à Old-Yedburg à cinq heures du soir au mois de Juin 1781.

La premiere chose qu'il vit fut deux petits garçons fort jolis, l'un de huit, l'autre de six ans, qui jouoient gayement parmi les ruines du vieux château avec une petite fille de même âge.

Comment vous appellez vous ? dit Charles Stair à l'ainé des petits garçons. – James Woodbridge. Et moi, dit l'autre, je m'appelle Charles Woodbridge, et cette petite Demoiselle est Lady Ann Melro. Où est votre pere ? dit Monsieur Stair avec émotion. – Il est mort. – répondirent les enfans. – Et votre grand-pere ? – Il est mort. – Et votre mere ? – Demandez à ma grand-mere qui vient à nous. Monsieur Stair regarde et voit sa mere. Dix-huit ans n'avoient pas tellement changé la mere ni le fils, qu'ils ne se reconnussent au même instant. Je laisse au lecteur à se figurer leur joye.

Peu-à-peu et sans empressement Monsieur Stàir raconta à sa mere à-peu-près tout ce qui lui étoit arrivé. Elle ne demanda pas combien il avoit gagné, et il se contenta de lui dire, qu'elle seroit à l'avenir à l'abri de l'inquiétude comme du besoin.

Son frere, après la mort de leur pere, avoit été sinon diligent, du moins sobre et rangé. Jane Hill, sa belle-soeur, étoit propre et laborieuse. Tout ce ménage étoit pauvre sans être dans un rebutant désordre, et les deux petits garçons étoient si heureux, si gais, si sains, si bien venus ! Monsieur Stair ne changea presque rien à la situation de la famille ; un peu plus d'abondance, un peu plus de propreté furent introduits insensiblement dans les repas, dans les meubles, dans les vêtemens, et à peine pouvoit-on se douter à Old-Yedburg qu'il fut arrivé un parent opulent dans une pauvre famille.

Après trois semaines de séjour à Yedburg, il écrivit à Lord D. en ces termes.

Mylord.
Vous ne comprendrez peut-être pas l'embarras où je me trouve ; il est bizarre, il est extrême et je ne conçois pas comment j'en pourrai jamais sortir. Si j'avois retrouvé ici mon pere ou mon frere, je leur aurois fait part de vos généreuses intentions ; j'aurois cru le devoir : ils auroient été en âge de les apprécier et de savoir quel usage il leur convenoit d'en faire, mais ils sont morts tous deux. J'ai trouvé ma vieille mere encore vigoureuse. J'ai trouvé ma belle soeur, femme bonne, simple et sensée. Elle pleure un

époux qui lui ressembloit. J'ai trouvé leurs deux enfans – Oh, Mylord, quels enfans ! Qu'ils sont jolis ! Qu'ils sont heureux ! Oserois-je changer leur sort ? Non Mylord, il y a trop à risquer. Je ne puis m'y résoudre. Quoiqu'ils soyent sans contredit, les plus beaux petits garçons du canton, les seuls avec lesquels la petite Lady Ann Melro s'avise de se familiariser, personne ne les remarque ni ne leur envie rien, au lieu que les enfans d'un marchand épicier retiré du commerce, sont regardes, jalousés, haïs, parce qu'ils sont un peu mieux vêtus que d'autres. Donnerois-je à mes neveux de quoi exciter l'envie et la haine ? Mais leur malheur ne se borneroit pas là. Tout, oui tout, seroit changé pour eux. – Quoi rebâtir le vieux château ! Oh, ce seroit bien dommage ! mes neveux se jouent tous les jours dans ses ruines. Ils s'asseyent sur les crenaux tombés ; que couvrent à. moitié la mauve et le pissenlis. Quand il pleut, ils se réfugient sous un reste de voûte, et de la ils considèrent l'eau qui tombe d'un larmier sculpté par le rems, et s'en va serpenter entre les débris d'un portail gothique. Jamais le. château rebâti ne feroit la moitié autant de plaisir à ses propriétaires, qu'aujour-d'hui qu'il est gisant au niveau des terrasses, et des fossés desséchés et comblés, qui l'environnerent jadis.

J'ai lieu de croire comme vous l'avez cru, Mylord, que la confiscation de vos biens a entraîné la perte de tous les nôtres, mais ils étoient hypothéqués et négligés déja. La couronne a fait la une si mince acquisition que ce n'est pas la peine de la revendiquer. Le château n»est proprement à personne qu'à des chevaux invalides, aux lézards et à quelques enfans. Je n'y vois même guere que mes neveux. – On occupe sans doute davantage les autres petits villageois. Les Stair de notre branche sont indolens ; moi seul j'ai manqué au génie de la famille qui paroit être la tranquille insouciance. James, l'ainé de mes neveux, commence pourtant un peu. à lire. Je ne crois pas que le cadet connoisse encore les lettres, mais il s'est fait une petite flûte à la maniere des fifres, et il en joue quelques airs faciles. Ils ont tous deux la voix très-agréable. Ils chantent avec Lady Ann de vieux Scotch songs. Mylord venez les voir. Vous ferez d'eux ce que vous voudrez. Il vous seroit aussi aisé qu'à Mylord Maréchal d'obtenir la rentrée dans votre patrie et dans vos droits. D'ailleurs ne pourriez vous venir sans vous faire connoitre ? J'arrangeroi pour vous un appartement gay, salubre, et vous trouverez en moi l'homme du monde le plus touché de votre mérite. Je ne parle pas de vos bienfaits, Mylord : je paye trop cher le plaisir que j'ai eu de voir en vous une ame si éminemment généreuse, par l'embarras et l'inquiétude d'esprit où vous m'avez jetté.

Old-Yedburg, le 14 Juillet 1781.
P. S. La petite ville de Yedburg a acheté le mauvais terrain enlevé à mon pere ou à ses créanciers et y a planté des arbres. C'est une jolie promenade le long de la Teiffe à un quart de lieue d'ici. Elle sert d'avenue ou de parc à une petite maison de campagne bâtie il y a peu d'années par Lord Thirlestaine, pere de la petite amie de mes neveux, et comme ce Seigneur n'est point riche, je ne puis être fâché que le public lui ait fait cette espèce de présent.

Quinze jours après cette lettre Monsieur Stair en écrivit une seconde à Lord D. Nous allons aussi la transcrire.

Mylord,
Je viens d'Edimbourg où j'étois allé pour quelques affaires. J'ai remis entre les mains d'un magistrat respecté l'acte dont vous m'aviez muni. Je puis mourir. Si je meurs, Mylord, vous serez averti et donnerez vos ordres.

C'est bien à-présent que je sens la plus grande répugnance à changer les petits Woodbridge en Messieurs Stair, parens de Lord D. et pouvant former un jour des prétentions sur son titre, Il faudroit les envoyer étudier à quelqu'université : à Oxford, par exemple, et ils en reviendroient d'élégans tapageurs, ou à Gôttingue et ils en reviendroient de petits philosophes, qui lorsque leur grand-mere diroit ses prières, riroient ; qui hausseroient les épaules lorsque leur mere parleroit de l'époux qu'elle regrette comme ayant sa demeure auprès de son créateur. Je n'ai vu autre chose, dans la brillante capitale de notre pauvre Écosse, que de ces demi-raisonneurs se croyant de profonds sages. Cela seroit trop fâcheux pour deux simples et bonnes femmes : elles se verroient trop mal recompensées d'un soin si long et si assidu pour une famille, qui, vu l'indolence de ses chefs, n'étoit pas facile à soutenir. Mais les inconvéniens de cette éducation ne seroient-ils pas encore plus grands pour les deux jeunes gens ? De toutes les hypothèses possibles, et j'appelle hypothèse tout ce qui n'est pas susceptible de preuves palpables, évidentes, je n'en, vois point de vraiment intéressante que celle de l'immortalité de l'ame. Que m'importe que notre globe ait été plus sec ou plus humide, plus froid ou plus chaud qu'il ne l'est aujourd'hui ? Que m'importe que les sociétés, que les races futures, doivent voir s'ouvrir pour elles des sources de lumiere et de bonheur, auxquelles j'aurai été étranger ? Eh bien, ce sont ces hypothèses là qu'on s'éfforce d'établir par-tout, tandis qu'on s'éfforce par-tout de détruire la seule qui m'intéresse, qui intéresse chaque individu. Quelle malfaisante manie est donc cela ? Et à qui ôte-t-on l'espoir d'une existence future ? C'est à celui qui en a le plus de besoin ; à celui qui s'occupant sans cesse de soi, de ses pensée, du perfectionnement de son esprit trouve insupportable de prévoir qu'il faudra un jour quitter son être et ne penser plus. Le laboureur, l'homme travaillant pourroit se passer de l'espérance d'une autre vie, il y songe si peu ! mais l'homme pensant ne peut pas s'en passer et on veut qu'il y renonce. Les Socrate et les Platon d'autre-fois se l'étoient donnée pour leur consolation ; les Socrate et les Platon de nos jours se l'ôtent et la regrettent. Ils sont assez tristes pour la plûpart. J'ai entendu dire à un de leurs disciples, homme d'esprit, qu'il préféreroit la perspective de l'enfer a celle du néant. Eh bien ! que mes neveux espèrent ce que le peuple espère. Je me rappelle que mon pere, quand je me résolus à quitter sa maison, haussa les épaules – il avoit raison, Mylord. Mon frere a été plus heureux que moi. L'ignorance est un avantage, négatif à la vérité, et qui ne peut-être senti de celui qui le possède, mais qui n'en est que plus réel et plus intime ; c'est notre sauve-garde intérieure contre mille maux. La misere est à peine un mal : le mendiant rit et chante plus souvent que l'homme riche et l'habile homme.

Adieu Mylord : daignez me répondre.

Old-Yedburg ce 2 aoust 1781.
Réponse de Lord D.
Faites ce que vous voudrez, mon cher cousin. Je viens de faire mon testament. Il met à votre disposition de quoi relever avec splendeur votre famille ; mais si. vos bizarres scrupules ne s'évanouissent pas, vous pourrez faire bâtir un hôpital où les heureux indolens du nom de Stair, dont vous enviez le caractere, trouveront un jour leur place. Ils y seront peut-être fort à l'aise car il me semble que par-tout on fuit, et avec plus d'ardeur que jamais, cette pauvreté si estimée de vous. On préfére la prison, la honte, le fond de la mer à la pauvreté, et jamais la Déesse Fortune ne reçut tant de vœux ni de sacrifices.

Je comprenois assez bien votre premiere lettre, et je prenais part au plaisir que vous aviez en voyant vos neveux se jouer parmi les débris de l'ancien château : (ne le rebâtissons pas, j'y consens) mais votre seconde lettre me feroit tourner la tête si je m'efforçois de la comprendre. Je ne me serois pas douté qu'il fallût être élevé comme des pâtres et des mendians, pour croire en Dieu, et croire à une vie a venir. (Ces deux choses n'en font qu'une.) Mon pere étoit, j'ose le dire, un Seigneur de très-bon air et que son mariage avec Mademoiselle de * * * mit en état de faire figure avec les plus huppés de ce tems là, or il étoit très-bon chrétien, et qui plus est, très-bon catholique. Ma mère étoit dévote ; feu ma femme l'étoit aussi et si mon fils eût vécu je ne doute pas qu'il n'eût été aussi attaché que moi à notre religion. Il est vrai que je ne l'aurois pas fait élever par des Diderot et des d'Alembert. Monsieur l'archevêque de * * *, Irlandais et mon ami, m'avoit promis de me donner un digne ecclésiastique pour l'élever. Il a bien été reproché à mon pere et à bien d'autres de ne pas penser beaucoup aux choses de la religion pendant la force de la vie ; on a alors des plaisirs et des objets d'ambition qui détournent et séduisent un peu, mais la mort approche-t-elle, on embrasse toutes les consolations de la foi et de l'espérance. Il faut que cela soit différent chez les prétendus réformés, et j'en suis fâché pour eux : au reste ils n'ont peut-être pas autant à espérer, mais je ne veux pas entrer dans des controverses. Je voudrois pouvoir ramener les deux petits garçons à la foi catholique, mais vous n'y consentiriez pas ; je voudrois les •relever de l'abjection où ils sont tombés, et vous ne le trouvez pas bon non plus. Vous changerez d'avis peut-être et moi je n'en changerai point. Mon testament contient ma donation quant à celui des Stair qui après ma mort pourra être créé Lord D. Nous renoncerons comme je l'ai dit à rebâtir le château que vous me peignez comme encore plus délabré et plus vaste que je ne le croyois. Quoi ! des chevaux y paissent, des enfans s'y jouent ! il y avoit des terrasses et des fossés ! Oh ! je savois bien que les Stair étoient jadis des gens opulens dans les deux branches, quoique la mienne seule fut titrée, s'étant appellée d'abord Barons de Caerabank, puis Comtes de D. Ce château couteroit beaucoup à rebâtir et puisque d'ailleurs vous n'approuvez pas qu'il soit rebâti je n'y penserai plus, mais d'après cela je veux porter à trois mille pieces les mille que je destinois à chacun, des Stair ; pour leur appartenir dès-à-présent, me proposant puisqu'ils ne sont que deux, de faire plus pour eux dans la suite quand leur oncle sera revenu de l'étrange vertigo qui actuellement lui tourne un peu l'esprit. L'intérêt de trois mille pieces n'est pas une rente si considérable, qu'il en doive résulter une éducation pleine de luxe et de corruption. Tirez sur moi pour cette somme. Si vous étiez comme un autre, je m'occuperois aussi de vous et je vous dirois… mais cela seroit inutile. J'irois vous voir, car je vous aime malgré votre singularité, si je le pouvois, mais ma goutte ! – Mylord Maréchal étoit protestant, je suis catholique, il y avoit un obstacle de moins pour lui que pour moi et il devoit se sentir moins d'éloignement que moi pour la cour et les graces quelle accorde.

Adieu, mon très-singulier cousin que j'aime pourtant et que j'estime. Adieu.

À Paris ce 30 aoust 1781.
L'automne vint, puis l'hiver, qui diminua les jouissances des deux petits.

Woodbridge. Cent fois leur oncle les voyant bâiller le soir près d'un feu de bouille, fut tenté de leur proposer quelque objet d'étude ou quelque motif d'émulation, mais autant de fois il surmonta la tentation, et pour l'éloigner il invitoit sa mere et sa belle-sœur et raconter de vieilles histoires, ou les enfans à chanter de vieilles chansons. Un jour, c'étoit le premier Janvier, il demanda à James s'il ne pourroit pas aider son grand-pere Hill, le charpentier, dans son travail. L'enfant répondit qu'il essayeroit. Mon pere fait ; des bancs pour le jardin de Lord Thirlestaine, dit leur mere. Je verrai Lady Ann s'y asseoir, dit James, quand les. longs jours et le beau tems seront revenus. J'aiderai aussi moi, si je puis, dit Charles. Dès le lendemain les deux petits garçons allèrent offrir leur travail à leur vieux grand-pere. Ils faisoient, comme on le pense bien, fort peu de chose ; ils s'amusoient plus qu'ils ne travailloient. Charles voulut aussi accompagner son frere à l'école. Du train dont ils y alloient il y avoit apparence qu'au bout de trois ou quatre ans ils sauroient lire, et qu'à l'âge de quatorze à quinze ans ils écriroient. Charles joignoit a un peu plus d'activité d'esprit que son frere, cette sensibilité exquise avec laquelle il est si difficile d'être heureux. Monsieur Stair avoit peine à se défendre d'un peu de prédilection pour lui, mais il s'en défendoit cependant et reconnoissoit chez James une douceur, une modération et une droiture admirables. Nulle susceptibilité fâcheuse, nulle passion, nul intérêt, n'obscurcissoit jamais sa raison, ne rendoit sa conduite tortueuse, ni son discours louche et embarrassé. Ton nom, lui disait un jour son oncle, porte bonheur à tous ceux à qui on le donne. Et le mien ? dit Charles. C'est aussi le mien, dit Monsieur Stair : n'en disons point de mal, et il l'embrassa avec attendrissement.

Monsieur Stair ne s'ennuyoit-il pas ? diront mes lecteurs. Il n'avoit rien à faire à Yedburg. Non, il étoit fort loin de s'ennuyer mais il étoit tourmenté, et cette même tournure d'esprit qui l'empêchoit de remplir les intentions de Lord D. s'étendoit sur bien d'autres choses. Tout l'intéressait et tout l'effrayoit. Un sentiment le portoit-il vers un objet, un autre l'en venoit détourner, sans qu'il y eût de sa part caprice ni inconstance, car souvent ces sentimens dont les effets sembloient opposés, avoient entr'eux une étroite analogie. Le printems étant venu, il pensa à faire connoissance avec Lord Thirlestaine et sa famille mais il eût fallu se faire connoitre, rendre raison de son nom, et cela auroit été de conséquence pour ses neveux. Il essaya de pêcher dans la Teiffe, mais ayant jetté et retiré son filet il n'en sertit les poissons que pour les rendre à la riviere. Des gens qui le voyoient faire le prirent pour un fou, alors ne voulant pas se décrier il se crut obligé d'emporter le poisson, mais il ne retourna pas à la pêche. Il voulut se faire une collection de papillons, mais il falloit leur faire souffrir une mort cruelle et lente : après les avoir pris il les remettoit sur une fleur ou sur une feuille, se reprochant d'avoir un peu froissé leurs ailes. Il voulut faire nicher des oiseaux dans une grande voliere, mais un jour il lui sembla que chacun de leurs accens était un vœu vers la liberté, et il la leur rendit. Alors il se mit à cultiver des fleurs et cette occupation l'intéressoit si fort, il y réussissoit si bien, qu'on fut surpris au bout d'un an ou deux de la lui voir tout-à-coup abandonner, et se contenter d'arroser ses œuillets, ses auricules,. ses jacintes dégénérées, sans plus marcotter, sans plus transplanter, sans plus rafraîchir les oignons ni les racines. On a cru, mais jamais il n'a voulu en convenir, qu'il avoit peur de faire mal à ses plantes en les cultivant, comme il avoit craint de nuire à ses neveux. Enfin Monsieur Stair se livra à l'étude des astres, bien sûr cette fois de ne pouvoir pas nuire, À cette sublime science à laquelle il vouoit par choix son loisir, le hazard joignit bientôt l'exercice d'un art plus utile. Affecté d'un accident grave arrivé à un cheval qu'il aimoit, et mécontent d'un homme du métier qui ne le soignoit pas bien, Monsieur Stair entreprit de guérir son cheval et le guérit, ce qui le mit en si grande renommée qu'il devint le chirurgien de toutes les bêtes du canton, et même par fois des hommes ; jusques-là qu'un de ses voisins s'étant cassé la jambe, on l'obligea à la lui remettre. Mais peu s'en fallut que son adresse secourable pour les maux d'autrui ne lui coûtât sa liberté et tout cet édifice de délicatesse qu'il s'étoit bâti et à l'abri duquel il vivoit, sinon tranquille, au moins sans douleur ni remords.

Lady Brigit Melro, soeur ainée de Xiady Ann se démit le bras. On ne trouva pas chez lui le chirurgien qu'on alla demander. Lady Brigit souffroit beaucoup : on appella Monsieur Stair. Lady Brigit étoit très-belle et paroissoit très-aimable. Son pere n'avoit point de fortune à lui donner et Monsieur Stair en avoit une dont jusques-là il n'avoit voulu faire aucun usage. Au bout de trois ou quatre visites Lord Thirlestain voulut lui payer ses soins. Ce qu'éprouva alors Monsieur Stair, la peine qu'il eut à ne pas dire qui il étoit, l'avertit de ne plus mettre les pieds dans cette maison, et quelques mois après, quand il apprit que Lady Brigit étoit recherchée par un homme qui ne méritoit pas de la posséder, ce fut un nouveau combat. Alors ses raisonnemens changèrent un peu et il fut sur le point de se croire obligé à remplir les vues de Lord D. Deux jours, les plus pénibles que Charles Stair eût passé de sa vie, furent employés à discuter cette grande question, et Lord D. ou plutôt Lady Brigit alloit remporter a quand tout-à-coup Monsieur Stair se dit : Qu'est-ce qui m'auroit subitement éclairé sur l'intérêt de mes neveux ? L'armour ? L'amour auroit donc fourni à la raison des lumières, lui qui communément la prive de celles qu'elle peut avoir ! Oh défions-nous d'un pareil guide ! Après que Lady Brigit sera mariée nons reprendrons cette délibération.

Long-tems Monsieur Stair fut incapable de délibérer ; il fallut songer à se distraire. Il fit un séjour à Edimbourg, un autre à Londres. Quand il révint ses neveux avoient l'un seize ans l'autre quatorze.

Ils étoient aussi heureux, aussi beaux, aussi sains, aussi innocens, que lors de son premier retour en Écosse. Mais soit que sa délibération lors du mariage de Lady Brigit eût véritablement ébranlé ses premieres résolutions, soit que quelqu'autre sentiment agit sur lui, il trouva cette fois que c'étoit presque dommage de les laisser continuer d'être ce qu'ils étoient. Pour l'a premiere fois il parla à sa mere de Lord D., de ses offres, de tout ce que le lecteur sait déjà, excepté de Lady Brigit dont il ne prononçoit jamais le nom. Comme elle étoit allé vivre dans les terres de son mari, assez loin de Yedburg, il n'avoit pas à fuir sa rencontre.

La mere de Monsieur Stair après avoir reçu ses confidences, ne lui dit rien qui fut propre à le décider, et il hésitoit encore.

C'étoit à l'amour à achever ce qu'il avoit commencé. L'amour aime les victoires qu'il remporte sur un sage ; mais pour être sûr de vaincre il ne falloit pas qu'il eût pour lui l'intérêt propre de Charles Stair et par cela même contre lui sa délicatesse : il falloit, qu'il ne fût question que de James et de Charles Woodbridge ou de l'un de deux. Hélas ! le vif intérêt qu'inspira l'un entraîna le malheur de l'autre ! Mais leur oncle l'auroit-il pu prévoir ?

Un soir James rentra au logis en pleurant. Depuis trois jours il cherchoit inutilement Lady Ann Melro partout où il avoit coutume de la voir. Enfin une petite fille du voisinage ayant pitié de lui, s'étoit offerte à aller s'informer de ce qui pouvoit retenir chez elle Lady Ann, et voici le billet qu'elle venoit de remettre au malheureux James.

„Mon ami, il nous est arrivé d'Edimbourg une tante qui me voyant mardi et mercredi avec vous et votre frere, l'a trouvé fort mauvais et a persuadé à mon pere de me défendre de vous revoir. J'ai dit que le plus court étoit de m'enfermer, parce que je ne rompois pas comme cela sans raison avec mes amis. Ceci finira, j'espère, car je ne céderai pas à cette persécution. Je suis désolée.»

Ceci finira j'espère : je le dis comme Lady Ann, s'écria Monsieur Stair avec une sorte de fierté et de joye. Grace au ciel me voici décidé. J'ai le pouvoir, mes enfans, de vous faire sortir de l'oppression sous laquelle l'orgueil voudroit vous tenir. Hélas ! il n'est donc pas donné à l'homme de pouvoir vivre humble et heureux ! Il faut qu'il s'élève à la hauteur des oppresseurs ou qu'il soit leur victime. Mistriss Woodbridge la mere étoit la seule qui entendit son fils, mais bientôt s'expliquant avec plus de clarté il remplit de joye la mere des deux enfans. Le vieux Hill étant venu pour appeler ses deux petits fils à l'ouvrage, car depuis trois jours ils ne faisoient rien du tout, elle s'écria : oh, mon pere ! il n'est plus question de bancs, de tables, d'armoires. – Pardonnez-moi, dit vivement Monsieur Stair. Il faut – je désire que chacun ici respecte ses devoirs et conserve ses habitudes.

Le vieux Hill ayant donc emmené ses petits-fils, Monsieur Stair fit entendre raison à leur mere. Elle promit de ne parler de rien à personne et obtint seulement la permission de faire du linge et de commander des habits neufs pour les deux jeunes gens. Après cela Monsieur Stair se détermina à faire visite à Lord Thirlestaine et en présence de sa soeur, Lady ***, et de Lady Ann qu'à sa priere on fit appeler, il dit là douleur que ses neveux avoient de ne plus voir leur jeune amie, à laquelle douleur il avoit si fort sympathisé qu'il s'étoit enfin résolu à rompre le silence qu'il gardait sur les affaires et la position de sa famille. Mes neveux s'appellent Stair, dit-il, et descendent de la même souche que Lord D. qui non-seulement les reconnoit, mais qui m'a autorisé à leur redonner l'éclat qui dépend de la fortune encore plus que de la naissance. En attendant que je puisse fournir les preuves que l'on peut désirer, je vous supplie, de laisser Lady Ann revenir avec moi auprès de ses camarades. Ils étoient aussi dignes hier qu'aujourd'hui de son amitié. Mais aujourd'hui toute l'inconvenance apparente est ôtée à ce que j'espére.

Un peu ému de ce qu'il avoit dit et du souvenir de Lady Brigit, Monsieur Stair vouloit se retirer et il cherchoit des yeux la jeune fille, mais elle étoit déja sortie, et courroit à Old-Yedburg, Elle n'avoit pas tout-à-fait quatorze ans et sa simplicité comme son innocence, étoit extrême.

Le premier soin de Monsieur Stair fut d'écrire à Lord D. ; le second de s'informer s'il y avoit des descendans des deux sœurs de sa mere. Il apprit que la seconde étoit morte sans avoir été mariée, et que la cadette n'avoit eu qu'une fille, qui à son tour en avoit une actuellement âgée de quinze à seize ans et extrêmement belle. Elle étoit orpheline de pere, mais sa mere et elle n'étoient pas, tant s'en faut, dans l'indigence. Cependant Monsieur Stair jugea à propos de faire évaluer la métairie, le domaine, enfin tout l'héritage de son grand-pere, tel qu'il avoit été légué à sa mere, et de donner à ses parentes la moitié de cette valeur et même un peu au-delà, vu que l'argent étoit devenu plus commun durant cet intervalle, de sorte qu'il annulla la prérogative accordée à sa mere sur ses sœurs. Cet acte de générosité que Monsieur Stair regardoit comme un acte de justice, fut désapprouvé de sa mere. Vous renouveliez des souvenirs fâcheux, et ranimez une haine amortie, lui dit-elle. Je compte acheter à ce prix, dit Monsieur Stair, la liberté de faire reprendre à mes neveux leur vrai nom. Il vaudroit mieux, leur laisser le mien, répliqua sa mère, ou solliciter un acte du parlement, qui les remit dans leurs droits à cet égard. Peut-être avez vous raison, lui dit enfin son fils, mais j'ai laissé entrevoir mes intentions – Que ne disiez-vous cela plutôt, interrompit Mistriss Woodbridge, je ne vous aurois pas fatigué de ce tardif et inutile raisonnement. Elle est belle, dit-on, votre niece, reprit le fils un peu confus. C'est à cause de cela que je la crains, dit la mère, d'ailleurs elle est la fille d'une femme intéressée et méchante, et je la crois elle-même coquette et artificieuse. Ce qui se passe aujourd'hui va leur inspirer de l'ambition, et donner de l'activité à leurs vices. Achevez promptement ce que vous avez à traiter avec elles, et prenez garde qu'elles ne s'introduisent auprès de nous.

Il ne tint pas à Monsieur Stair que tout ne fut terminé au plus vite, mais l'avocat Thistle conseilla à Mistriss Southwell, c'étoit le nom de la niece de Mistriss Woodbridge, d'exiger les intérêts de la somme qui alloit lui être comptée. Monsieur Stair vit que sa mere avoit eu raison, et loin d'accéder à ce qu'on demandoit, il menaça de retirer le don qu'il étoit prêt à faire. On se hâta alors de l'accepter, mais on se permit mille propos qui tendoient à Je faire regarder du public comme une restitution incomplète.

Les descendans des anciens créanciers., de ceux-là même qui avoient laissé confisquer tous les biens des Stair sans faire mention de leurs hypo-thèques, se montrerent aussi, apportant du nord de l'Écosse qu'ils habi-toient, des prétentions exorbitantes. Monsieur Stair les renvoya, leur disant qu'ils n'avoient qu'à l'attaquer en justice, s'ils croyoient le pouvoir faire avec succès, mais qu'on ne le feroit entrer en aucun accommodement. Il voyoit l'avidité, l'injustice, l'ingratitude, s'élever de tous côtés autour de lui, et conjurer contre son repos ; on l'observoit, on le jugeoit, on blâmoit assez généralement toutes les parties de sa conduite. Il ne s'étoit tu si long-tems que par avarice, la pauvreté de sa mere et de sa belle-soeur le touchoit peu et il accumuloit pour lui seul les intérêts d'une fortune acquise on ne savoit trop comment : mais enfin la vanité l'avoit fait parler et après avoir élevé ses neveux comme des enfans de la derniere classe, il vouloit les allier avec une famille noble et titrée. Misérable petit pleureur ! disoit quelques fois Monsieur Stair à son neveu, tes larmes pour Lady Ann me coûtent bien cher ! Puis pour effacer ce reproche, adouci déja par le sourire de la bienveillance, il alloit à Teiflodge chez Lord Thirlestaine avec James et son frere, et se sentoit consolé par le spectacle des jeux naïfs et doux de l'amour encore enfant et de l'amitié vive et caressante.

Au bout de quelque tems Lord Thirlestaine dit à Monsieur Stair : Je suis content et sans défiance, mais ma fille se fait grande et votre neveu est trop jeune pour qu'il faille compter tout à-fait sur la durée de ses sentimens, il me semble que pour prévenir le danger et éviter la médisance, il seroit bon qu'il allât passer quelque tems dans telle université que vous voudriez choisir. Après deux ou trois ans d'absence, si ses sentimens n'ont point changé – L'habitude les a sinon fait naître, du moins entretenus, interrompit Monsieur Stair ; n'allons pas, croyez moi, risquer de les dévoyer par des habitudes différentes. Je connois les Stair, plus continuans que commençans ou recommençans. On peut compter avec eux sur des sentimens anciens et d'habitude. Monsieur Stair eut beau dire, Lord Thirlestaine fit pressentir que si James ne s'éloignoit pas il exigeroit qu'il rendit ses visites plus rares, et interdiroit à sa fille les courses qu'elle faisoit journellement à Old-Yedburg. Il fallut céder, mais jamais on ne put faire comprendre à James le motif d'une conduite qui lui paroissoit aussi bizarre que cruelle. – Quoi, parce que je l'aime il faut que je la quitte ! Quoi, parce qu'elle prend plaisir à me voir il faut qu'elle ne me voye plus ! Son pere nous hait sans doute, ou cette tante d'Edimburg lui a écrit qu'il falloit de nouveau nous chagriner.

Pour l'éloigner le moins possible son oncle l'envoya à Glascow. Là il prit un laquais, n'ayant pu se résoudre à en prendre un à Yedburg parmi les jeunes gens qui se présentoient en foule. Pourquoi mes camarades, mes égaux me serviroient-ils ? leur disoit James. Mais je vous remercie de votre bonne volonté, et je vous prie de boire à mon heureux retour le jour même où il me faudra m'éloigner de vous. Arrivé à Glascow il prit pour le servir, ou plutôt pour avoir soin de son cheval, un jeune homme d'une agréable physionomie, mais qui sous les dehors les plus honnêtes cachoit toutes sortes de vices, et qui fit tout ce qu'il put pour pervertir, les mœurs de son maître. Heureusement James échappa à ce piège, le premier que lui tendit l'opulence. D'après ce qu'il dit à son oncle, ce roué subalterne fut chassé, et il passa au service du jeune Melro neveu de Lord-Thirlestaine.

James ne lui donna point de successeur. Fn effet quel grand besoin avoit-il d'un domestique ? Il ne lui en falloit point pour aller bâiller tous les jours au collège une heure ou deux, non plus que pour aller chercher autour de Glascow, quelque sîte ressemblant à Old-Yedburg et au rivage de la Teiffe. Comme il ne montait guere son cheval que pour venir voir sa mere, son oncle, son frère et sa maîtresse, il savoit bien alors lui mettre sans y être aidé, la selle et la bride, que même il tenoit assez propres : c'étoit à cela seul qu'il mettoit de la prétention et du soin. La pensée de sortir de Glascow et de son ennuyeuse vie le tiroit de son indolence, et qui l'eût vu sur la route trotter et galopper gayment, l'auroit pris pour un jeune homme plein de feu ; mais il falloit pour cela qu'il vint du nord au midi : retournoit-il du midi au nord ce n'étoit plus la même chose et Teiff son cheval

.... l'œil morne et la tête baissée,
Sembloit se conformer à sa triste pensée.

Pourquoi, dira-t-on, n'envoyer pas aussi son frere à Glascow ? Il l'auroit désennuyé et se seroit mis lui-même au niveau de son état par les études d'usage. On y pensa, on en parla, mais Charles ne put s'y résoudre de lui-même ni son frere se résoudre à l'en presser. Il resta donc à Yedburg. Il resta pour son malheur, car reçu sans précaution auprès de Lady Ann parce que ce n'étoit pas à lui qu'on la destinoit, il s'attacha à elle par tant de liens de tendresse, d'estime, d'habitude et d'une innocente familiarité que jamais ces liens n'ont pu se rompre.

Lady Ann qui avoit aimé James et Charles Woodbridge plutôt qu'elle n'aimoit l'un des deux, s'apperçut-elle de tout l'amour qu'elle fit naître ? C'est ce qu'on n'a pu savoir. Quelquefois en chantant ou en dessinant avec Charles, on l'a vue, attendrie et inquiete, s'interrompre, l'interrompre – Mais comment auroit-elle pu l'éloigner d'elle ? Quelle raison, quel prétexte ? Il étoit si doux ! si peu hardi ! La décence elle-même se seroit opposée aux résolutions que pouvoit suggérer l'austere vertu. Pouvoit-elle lui dire : Charles tu m'aimes, et je crains de t'aimer ? On restoit donc ensemble. On couroit les champs, les prés. On voyoit bondir les agneaux autour des brebis plus graves et chargées d'une toison pesante.. Ensuite on alloit s'asseoir auprès de la mere de Charles et de sa grandmere qui filoient devant leur maison. La jeune fille s'emparoit du rouet de l'une d'elles, et se faisoit gronder, car elle ne tardoit pas à brouiller et à déranger tout. Mais Charles étoit ià pour raccommoder ce qu'elle gâtoit.

Enfin James revint. Il en étoit tems. Impatient mais sans la moindre défiance, il pressa son mariage et obtint qu'il se feroit incessamment.

La veille du jour fixé pour la cérémonie, Charles et son oncle se rencontrerent à un quart de lieue de Yedburg, et sans se rien dire ils se promenerent ensemble et enfin s'assirent au bord de la Teiffe qu'ils regardaient couler. Ainsi s'écoule le tems, dit le jeune homme, et il fait bien. Pourquoi l'heure présente n'est-elle déja pas loin de nous ! Je voudrois pouvoir n'assister pas à ce mariage. Je formois dans ce moment même, dit son oncle, un vœu tout semblable. – Vous, Monsieur ! vous m'étonnez beaucoup : mais si vous formiez un vœu semblable au mien, vous n'en aviez pas les mêmes raisons. – Comment le savez-vous ? Charles regarda son oncle qui lui dît : ma confiance exciteroit-elle la vôtre ? C'est, dit Charles en rougissant, l'effet ordinaire de la confiance d'un ami que d'attirer un retour de confiance – Eh bien, Charles tu sais que Lady Brigit est attendue : Apprends que ce sera pour moi un affreux supplice de la voir avec l'homme qui a le privilège de l'appeller sa femme. – Quoi ! vous.... vous l'aimiez ! je vous plains, Monsieur, et plaignez-moi aussi, dit Charles en serrant la main de son oncle, je verrai la sœur de Lady Brigit.... Je l'ai nommée parce que vous-même l'avez nommée – Vous avez pu la nommer : vous n'êtes pas aussi malheureux que moi. Je nomme aujourd'hui Lady Brigit pour la premiere fois depuis son mariage, dit Monsieur Stair. Je voulois t'engager à m'ouvrir ton cœur dans lequel je croyois lire ce que tu viens de m'avouer. J'ai donc avoué ! s'écria Charles. Est-il bien vrai que j'aye avoué ! Quoi une passion si extravagante ! Et la mienne ? lui dit son oncle. Puis ils retomberent tous les deux dans le silence. Enfin Monsieur Stair dit à son neveu ; je crois qu'il nous faut surmonter nos répugnances et assister à cette fête où nous serons si éloignés, tous deux, de porter un cœur festival. Que diroit-on si nous nous absentions ? Ton frere sur-tout ? Il te croiroit fâché de son bonheur. Non, dit Charles, quoique je fasse il me croira content parce que je devrois l'être, parce qu'à ma place il le seroit, Sa bonté, la douceur de son ame est telle qu'il me l'auroit cèdée s'il avoit su – Et l'idée de le lui dire ne te seroit-elle jamais venue ? Cent fois, dit Charles. Mais ces choses là quoiqu'elles puissent se projetter, ne peuvent pas se faire. On écrit une lettre, dix lettres, mais on n'en envoye point ; on les garde, on se morfond, et l'heure fatale arrive. Elle va sonner – Montre-moi une de tes lettres, Charles je t'en prie. Voilà mon porte-feuille tout entier, dit Charles. Veuillez m'en délivrer. Prenez-le, gardez-le, et à l'avenir parlez-moi comme à un homme ferme, raisonnable, qui a pris son parti.

Au moment où Charles donnoit son porte-feuille à son oncle, James vint à eux tout essouflé. Venez à Teiflodge je vous en conjure, leur dit-il ; on y est tout je ne sais comment. Lady Brigit vient d'arriver avec son détestable époux que Dieu confonde. La pauvre femme est pâle, maigre et abattue. Sa soeur a fondu en larmes en la voyant. J'ai peur qu'elle ne s'imagine que tous les maris sont des brutes comme son beau-frere. Enfin rien n'est moins gay que cette veille de noce, et j'aimerois presque autant être au collège à Glascow que chez Lord Thirlestaine dans cet. instant. Je vous prie mon cher oncle, mon cher frere, de venir nous remettre en belle humeur – Mais vous ne répondez rien, et ne paroissez pas fort gais. Seriez-vous d'avis que j'envoyasse chercher les jeunes filles du voisinage, Jenny Southwell par exemple, et Molly Hue ? Lady Ann affectionne celle-ci de préférence à toutes les autres à cause de sa modestie et du service qu'elle nous a autrefois rendu. Toutes les jeunes filles aiment Lady Ann et je serois bien surpris si quelqu'un pouvoit ne la pas aimer – À propos, son cousin Melro est arrivé. Comment des personnes comme elle et Lady Brigit peuvent-elles avoir un parent comme ce Melro, qui a eu l'impudence de s'inviter à mes noces, lui qui sait que je ne l'aime pas. Il ne m'aime pas davantage parce que j'ai refusé de me lier avec lui et que je n'ai pu lui prêter l'argent qu'il me dëmandoit. J'ai été bien fâché en le voyant arriver. C'est un tour qu'il me joue, non une honnêteté qu'il me fait. Il n'y avoit pas de plus mauvais sujet que lui à Glascow. Il est haineux, il est jaloux. Il le sera de toi, Charles parce que tu es cent fois plus beau et plus aimable que lui. Son grand plaisir est de rendre les femmes ses victimes et les hommes ses dupes, faisant tomber sur d'autres la peine de son libertinage. Oh ! que sa personne m'est désagréable. En voyant tout à l'heure Lady Ann qui étoit affectée à cause de sa sœur, il lui a fait sur son mariage les plus mauvaises plaisanteries du monde. Il la compare à Iphigénie allant à l'autel, et appelle Calchas l'honnête Monsieur Wood notre ministre. Dieu sait quels sots propos il tient dans cet instant. Venez de grace. J'enverrai avertir la jeunesse de Old-Yedburg et ferai venir un violon. Ce brouhaha n'est pas fort de mon goût ajouta James, d'un air de lassitude, mais puisque Lord Thirlestaine desire que je demeure avec lui, il faut bien m'accoutumer un peu à faire les honneurs de sa maison, et dans cette occasion, si agréable pour moi, il est juste que je lui ôte le plus que je pourrai d'embarras et de peine.

James, son frere et son oncle avoient pris le chemin de Teiflodge quand ils virent venir un domestique et deux petits chiens. Ce sont de petits braques, que Lady Ann a prié sa sœur d'amener pour vous deux. Elle dit que vous aimez les chiens de cette espèce. Je vois au cou de l'un le ruban qu'elle avoit tout à l'heure dans ses cheveux et Lady Brigit a mis son collier à l'autre. Tenez, Messieurs, prenez chacun le petit chien que vous aimerez le mieux. Je vais donner des ordres pour le bal.

L'oncle et le neveu suivirent James, Les deux petits chiens firent quelque diversion au chagrin de leurs maitres,. ou leur aiderent du moins à le cacher.

Bientôt les jeunes villageoises arrivèrent. Molly Hue étoit triste. Quand elle avoit plaint la douleur de James c'est qu'elle l'aimoit, et mille fois elle regretta d'avoir trop bien servi une rivale. Etonnée de voir cette Lady Ann dont elle envioit si fort le bonheur pensive et abattue, elle lui demanda si elle se portoit mal. Lady Ann lui répondit que non, mais que le changement qu'elle voyoit chez Lady Brigit l'affligeoit. Personne, dit la jeune fille, ne seroit-il heureux ? ou n'y auroit-il que les hommes d'heureux ? Mais non, ce n'est pas cela. Voilà Jenny Southwell bien gaye et bien sémillante. Que dira Monsieur Nick son amoureux, tantôt, quand il viendra ? Elle agace tour-à-tour votre cousin et votre futur beau-frere. Celui-ci ne la regarde pas. Il a l'air rêveur et ne fait que nouer et dénouer le collier de son chien. Melro entendit ces dernieres paroles et les comprit parce qu'il vit rougir sa cousine, qui effrayée de ses regards et de son ricannement malin, appella James comme à son secours, sous prétexte qu'on les attendoit pour commencer la contredanse. Molly alla se mettre auprès de Charles Stair dans un coin de la salle, d'où Melro vint la tirer bien vîte, car il ne se plaisoit qu'à déranger, à s.'parer ce qui se convenoit ou se cherchoit. Jenny Southwell s'approcha alors de Charles, mais il fit si peu d'attention à elle que ce soir là on n'auroit pas prévu qu'elle pût jamais lui nuire et que la grand mere de Charles eût eu raison de la redouter.

D'autres villageoises vinrent successivement avec leurs freres et leurs amoureux. Parmi les jeunes hommes on voyoit Monsieur Nick fils de l'épicier. Il prenoit vis-à-vis de Jenny Southwell l'air d'un homme qui a de grands droits, dont-il voit avec dépit qu'on ne veut plus tenir compte. Melro se moquoit de lui, et encourageoit les dédains de son insolente maîtresse. Elle se voyoit pour ta premiere fois de sa vie, chez Lord Thirlestairie, où le fils d'un épicier, comparé à ce qu'il y avoit de plus brillant dans la contrée, n'avoit pas beau jeu. Ce n'est pas que Melro fut plus beau ni mieux fait que Monsieur Nick, mais une aisance hautaine et un esprit ingénieusement mordant lui donnoient de grands avantages. Il tâcha d'étendre plus loin son triomphe et de briller aux dépens des Stair, mais ce fut inutilement, ce qui redoubla sa haine contr'eux. Quelle mortification de voir deux jeunes gens qu'à peine autrefois il daignoit saluer, quand il les rencontroit près de la maison de son oncle, jouer maintenant un si grand rôle dans sa famille, tandis que lui, fils cadet d'une branche cadette, il n'avoit malgré son noble nom d'autre relief que des vices à la mode !

Le lendemain des nôces de son frere, Charles s'allant promener avec son chien du côté opposé à Teiflodge, et passant sur les ruines du vieux château, vit Molly Hue assise sur une pierre récemment tombée. Elle s'appuyoit contre un vieux pan de muraille. Ne restez pas là, lui dit-il, l'endroit n'est pas sur. Eh qu'importe ? dit Molly. Charles fut surpris et le lendemain à nuit tombante la voyant assise au même endroit et sa mere près d'elle, il s'arrêta à quelque distance pour écouter leur conversation. Lady Ann Stair, disoit sa mere, sera surprise de ton refus. Elle t'aime ; elle me l'a dit, et que tu serois bien moins sa femme de chambre que sa compagne. Elle connoit la bonté de ton cœur, ta douceur, ton égalité. Son mari te rend justice comme elle. Tu fus leur compagne favorite – Je ne puis plus l'être, ma mere. J'ai perdu cette égalité d'humeur dont vous me louez avec si peu de raison. Je suis, même avec vous, capricieuse et bizarre. Ce seroit bien pis avec Lady Ann Stair, je serois fâcheuse, je serois jalouse. Jalouse ! dit la mere. Jalouse de qui, et de quoi ? Penses-tu qu'elle te préférât quelqu'un ? Molly embrassa sa mere et dit en pleurant, ne m'en demandez pas davantage et souffrez que je reste auprès de vous. Je reprendrai j'espére mon ancienne humeur, et je récompenserai mon excellente mere de son indulgence. Charles comprit Molly mieux que n'avoit fait sa mere. Il la plaignit, et comme il avoit été autrefois son ami il trouva qu'il lui devoit des consolations et des soins. Il venoit tous les soirs s'asseoir auprès d'elle sur les ruines, et comme tout le monde passoit et repassoit près d'eux et que sa mère et la mère de Molly venoient souvent se joindre à leur entretien, il ne craignit point de faire mal parler d'elle. Melro trouva pourtant le moyen d'en plaisanter, et dit à sa cousine qu'il avoit enfin appris pourquoi Charles Stair ne venoit plus à Teiflodge, sinon quelques momens le matin quand il étoit sur de trouver son frere seul, fumant sa pipe devant la maison. Lady Ann, qui croyoit deviner pourquoi Charles ne venoit pas la voir, rougit un peu. Que voila bien les femmes ! s'écria Melro. Vous le croyez jaloux du bonheur de son frere, et fuyant votre vue par prudence ou par dépit, maisvous vous trompez, ma belle cousine. Il est tout uniment amoureux d'une villageoise. Et qui vous l'a dit ? demanda Lady Ann. Oh, répondit Melro, c'est ce que je ne vous dirai pas, il est inutile que vous soyez informée de toutes les liaisons que je puis avoir dans votre voisinage : mais si vous voulez venir ce soir avec moi à Old-Yedburg, vous pourrez y voir ce Céladon avec son Astrée. Il faut avouer que vous êtes entrée dans une singulière famille, car l'oncle aussi est un hibou d'une espèce rare, et votre époux – Il vaut cent Melro, interrompit Lady Ann et elle le quitta ; mais le soir venu elle proposa à son mari de la mener à Old-Yedburg chez sa mere et sa grand-mere.

Elles etoient assises sur les ruines avec les prétendus amans. James et Lady Ann s'y assirent donc aussi et Monsieur Stair, qui passoit près de là, vint à eux. Charles lui fit une place entre lui et Molly. Monsieur Stair se rappella le jour où il étoit arrivé à Yedburg lorsqu'il vit dans le même endroit ses neveux et leurs compagnes, mais il ne parla pas de son souvenir, parce que la comparaison qu'on auroit faite de ce tems là au tems présent, n'auroit pas été également réjouissante pour tout le monde, seulement il pria sa nouvelle niéce de chanter une romance qu'elle chantoit quand elle étoit enfant ; elle obéit, et la belle voix de son mari faisant la basse de la romance et de quelques autres airs en augmenta le charme. Un peu de musique etoit à-peu-près tout ce que James avoit appris à Glascow. Oh ! quelle belle et touchante assemblée que celle qu'il y avoit ce soir là à Old-Yedburg ! Le jour avoit fini : la lune avec sa pâle et douce lumiere vint montrer les unes aux autres des personnes si dignes de se voir et de s'admirer. Elles se regardèrent, avec plaisir, avec douleur, avec attendrissement.

Allons retrouver votre sœur, dit James, elle n'est pas en aussi bonne compagnie que nous.

À leur retour Melro railla sa cousine sur sa curiosité, et dit enfin qu'il prétendait venger les Dames de Teiflodge des mépris de Charles Stair en lui enlevant Molly. Je ne sais trop, Monsieur, ce que vous voulez dire, dit James, qui sur le point de se retirer s'étoit rapproché de Melro pour lui répondre, mais si mon frere méprise ici quelqu'un, s'il évite la compagnie de quelqu'un en ne venant ici que lorsqu'il peut me trouver seul, cela ne regarde certainement pas nos Dames. J'en suis fâché pour lui, dit froidement Melro à ses cousines, car en ce cas la vengeance pourroit devenir plus sérieuse. Lady Ann pâlit et Lady Brigit se montra allarmée. Oh, Mesdames ! vous n'y êtes pas, dit Melro. Mes jours me sont aussi précieux que le peuvent être pour vous ceux de l'heureux Charles. Qu'il se garde s'il peut d'une personne fort adroite et dont je prétends achever l'éducation ; quant à mon épèe il n'en a rien à craindre. Au reste si j'ennuye ici il y a grande apparence que je ne m'y amuserai pas long-tems. Après que j'aurai fait ensorte de laisser de moi quelque souvenir, je compte m'en aller bien vite.

Dès le lendemain Melro eut soin de prévenir Charles auprès de Molly. Il s'assit à côté d'elle sur les ruines, et lui adressa des cajoleries si peu mesurées que bientôt elle se retira. Charles quand il vint ne la trouva plus. Les jours suivans Molly se tint renfermée chez sa mere. Melro trouva moyen de l'y surprendre et par ses protestations et ses excuses il l'offensa plus qu'il n'avoit encore fait.

Molly alla le jour même se plaindre à Lady Ann de l'insolence de son cousin.

Lady Ann et sa sœur qui l'aimoient, la pressèrent de les revenir, voir souvent, et l'assurèrent qu'elle ne seroit nulle part plus en sûreté qu'auprès d'elles, où même elle ne trouveroit jamais Melro. Molly le promit, et tint parole. Charles Stair ! que n'eutes vous autant de courage que cette bonne fille ! Elle consentit à voir journellement James devenu l'époux d'une autre, et parvint à le voir presque sans émotion. Que ne fites-vous comme elle ? vivant avec des gens honnêtes vous n'auriez pas été la victime d'un méchant ; une femme perverse n'auroit pas profité de l'état de désordre et de trouble auquel s'abandonnoit votre foible coeur !

Beaucoup d'artifices furent employés. Ils réussirent, –

Melro étoit parti, revenu, reparti quand on vint un jour prier Charles et son oncle de passer chez Mistriss Southwell. Charles étoit au désespoir. Il prévoyoit ce qu'on se proposoit de lui dire.

Que doit préférer votre fille, dit Charles à Mistriss Southwell, de tout l'argent que je puis donner ou d'un mari qui la méprise et la déteste ? C'est vous, Monsieur, ce n'est ni votre argent ni votre cœur que je veux, s'écria Jenny. Votre main pour un instant, votre nom pour toujours, voilà ce que je vous demande. Croiriez-vous par hazard vous mésallier, dit la mere, furieuse du chagrin de Charles et du silence de son oncle, croiriez-vous vous mésallier en épousant votre proche parente, la fille de la niece de votre grand-mere ? Vous avez vécu quarante ans, tous tant que vous êtes, à nos, dépens. Que signifient vos offres impertinentes ? vous ne feriez que nous rendre ce que vous prétendriez nous donner, si ce n'est le déshonneur qui seroit une gratification pure et simple, et tout-à-fait digne de la générosité des nobles Stair.

Charles et son oncle se retirerent. Après un long silence l'oncle dit enfin, le mal est-il donc si grand ? – La mort seroit préférable, dit le neveu, et peu s'en faut que, je ne me la donne. Tu serois un ingrat envers moi, dit l'oncle. C'est ce qui me retient, dit le neveu. – Mais Charles, mon ami Charles, si cette fille t'aime ? – Elle ne m'aime pas – Je vous dis qu'elle ne m'aime pas. Il y a un an qu'elle étoit fort bien avec Nick le fils de l'épicier : depuis elle a écouté Melro. Honteux, désespéré après le jour fatal où je tombai dans un piege trop adroitement tendu pour mon inexpérience, ma seule consolation étoit de penser que du moins je ne l'avois pas séduite. Je suis presque sûr que c'est à Melro qu'elle eût dû s'adresser. Si cela est, dit Monsieur Stair, veux-tu soutenir un procès ? Je ne t'abandonnerai pas. Non, dit Charles, quelle cause pour vous à plaider ! – Veux-tu quitter Yedburg, voyager, aller auprès de Lord D. ? Non, dit Charles, non pas avant le mariage. Je laisserois mon oncle, mon frere, ma belle-sœur en butte à trop de haine, et à tout le blâme que j'ai mérité seul.

Le lendemain il retourna chez Mistris Southwell avec Monsieur Stair. Celui-ci parla avec fermeté à la mere, l'autre avec fierté à la fille. Si je vous épouse, dit-il, vous vous appellerez Stair, vous serez la belle-sœur de mon frere et de sa femme, enfin vous aurez une pension, mais vous n'aurez point d'époux. Il est impossible que je vive avec une femme non pas foible, mais perverse, artificieuse, corrompue et sans pudeur. Cessez d'outrager ma fille, dit la mere avec des accens inarticulés tant elle étoit suffoquée par la rage. Qu'elle retourne à Messieurs Nick et Melro, et renonce à moi, dit froidement Charles. Jamais jamais ! dit Jenny. Nous ruinerons en procès votre famille et la nôtre, s'écria la mere. J'en appellerai de tribunaux en tribunaux jusqu'aux enfers. J'outragerai, je tuerai votre oncle que vous aimez tant, s'écria Jenny, et votre belle-sœur que vous aimez encore davantage. Il faut, je le vois, dit Charles à son oncle, il faut me soumettre à la punition que dans le fond je mérite. Il faut… Comme il disoit ces mots avec la lenteur d'un homme qui se prépare à prononcer contre lui-même la plus cruelle sentence, on frappe rudement à la porte, on l'enfonce, on accourt. C'étoit le ci-devant laquais de James, qui s'étant brouillé ce jour là même avec son maître, venoit à la fois se venger de lui et réparer le crime qu'il lui avoit aidé à commettre. Ne cèdez pas, ne les croyez pas, ne promettez rien, s'écria-t-il en se saisissant de Charles, Je suis un misérable et quand Monsieur Stair m'a chassé il m'a rendu justice. Mais je n'approche pas de la scélératesse de cette coquine et de son Mtlro. J'ai ici, ajouta Jack, en mettant la main sur sa poitrine, j'ai ici une lettre que je fus chargé il y a quelque tems de donner à Jenny, et que je devois ensuite rendre à mon maître. Il ne vouioit pas que deux femmes qu'il savoit être capables de tout, l'eussent entre leurs mains, mais l'étourdi, allant et venant nuit et jour, ici et ailleurs, l'a depuis oubliée dans les miennes. Oh, bénie soit l'imprudence des méchans ! je l'apporte aujourd'hui qu'il m'a payé mes gages en coups et en injures, je l'apporte cette lettre digne de figurer dans l'histoire des scélérats insignes, des scélérats fameux. – Elle est longue. – Elle découvrira toute la trame. Puissé-je, honnête et aimable jeune homme, en vous tirant des griffes de la plus rusée, la plus fausse, la plus perfide coquine qui soit dans les trois royaumes, avoir expié beaucoup de fautes et mérité l'indulgence du ciel ! Jack voulant donner la lettre à l'un des Messieurs Stair la mere et la fille se jetterent au-devant de lui. Jack sur la pointe des pieds, le jarret et le bras tendus, la tenoit hors de leur portée. La mere s'élançoit, la fille grimpait sur les chaises et les tables. Charles restoit immobile. O Dieu ! s'écria-t-il douloureusement, est-il possible que j'aye eu rien de commun avec une pareille créature ! Monsieur Stair finit enfin cette lutte, et d'une main vigoureuse écartant la mere, renversant la fille, de l'autre il saisit le paquet. On sortit de la maison et Jack récompensé, remontant aussi-tôt sur le cheval qu'il voloit, pour s'indemniser de ses gages, s'enfuit si loin que la colère de Melro ne put l'atteindre. Melro, ne sut pas alors, ne soupçonna pas même quel avoit été le sort de sa lettre, et il ne l'a appris qu'assez lorig-tems après. On va juger si Jack avoit calomnié Jenny et Melro,

Lettre de Melro à Jenny Southwell.

Vous n'y pensez pas : vous êtes un enfant, Mademoiselle Jenny, vous que je croyois une fille à grandes et saines vues. Quoi vous voudriez faire un époux de Melro, qui n'a ni fortune ni espoir de fortune, mais bien un oncle et un pere encore dans la force de l'âge, et deux freres, qui, ayant été plus sages que lui, sont, comme de raison, beaucoup plus sains, sans compter trois ou quatre sœurs qui partageront avec les cadets la mince dot de leur mere ! Voilà de longs détails, mon enfant, quand un mot auroit suffi : c'est que je veux te traiter avec certains égards et t'accoutumer si je puis à te respecter un peu toi même ou à en faire le semblant, mettant de côté ces airs de gourgandine, que tu as pris.... je ne sais où diable tu les as pris, car Nick est fort décent. À propos de Nick il vaudroit cent fois mieux pour époux que moi. Que dis-je ? Jack, qui par parenthèse ne te déplait pas trop, Jack te conviendroit mieux. Rien au monde ne fait si pauvre figure en ménage ni si pauvre chére qu'un homme de bonne maison sans fortune, sans profession, sans habitude d'application. Dans peu d'années, si je n'ai trouvé personne en mon chemin qui m'ait envoyé en l'autre monde pour mes gentillesses, il faudra que je prenne cette peine là moi-même, ou que j'épouse quelque riche bourgeoise, engouée comme toi de mon esprit et de mon nom, mais mieux en état de payer cette marchandise au-delà de sa valeur. Quand tu serois riche, mon ange, je ne t'epouserois pas. Tu es fort jolie, mais – mais – mais ! l'un de ces mais, c'est que tu t'es accoutumée à des airs de tête, à des tournemens d'yeux… Corrige-toi et si nous nous retrouvons quelque jour, sois présentable. Alors je pourrai consentir à te donner dans le monde le relief d'une belle et brillante intrigue. Je ne suis pourtant pas assez fat pour te présenter cet espoir comme un motif suffisant de veiller sur tes airs, tes gestes, tes accens, ton langage. Non, la recompense de tes efforts est plus proche et plus précieuse. Ne m'entendez-vous pas, Mademoiselle Jenny ? Il me sembla le soir qui précéda les noces de ma digne cousine, que vous aviez conçu le projet que je n'ai cessé de couver depuis pour vous. Un coup-d'œil de vous, jetté sur Charles Stair, me fit pénétrer vos vues. Je les approuvai, je les partageai, et je les ai favorisées, tandis que vous, femme légère et frivole, vous les abandonniez pour vous livrer à vos fantaisies. Aveugle que vous étiez de prodiguer sur moi vos coquetteries, vos petits mensonges au sujet du pauvre Nick, et de vous donner pour une sorte de vestale ! L'image est mal choisie, vous ne savez ce que c'est qu'une vestale, Mademoiselle Jenny. Eh bien, vous voulûtes vous donner pour une Molly Hue pour une personne en un mot que Nick n'auroit adorée que de loin. Eh ma pauvre enfant ! outre que je ne suis pas de cette innocence qui rend susceptible d'être dupe – oh la belle chose de pouvoir encore être dupe ! – Je consentirois à payer par le malheur d'être dupe le bonheur de pouvoir l'être. – Mais outre que j'étois bien loin de cette belle faculté, il n'y falloit pas avec moi tant de façons. Que m'importoient à moi tous tes Nick ? Rien du tout, non plus qu'à toi mes Peggy, mes Fanny, mes Polly et tant d'autres ! C'est à Charles Stair qu'il ne falloit pas cesser de te montrer sage et honnête : c'est lui qu'il falloit rencontrer souvent par pur hazard, c'est-à-dire tout exprès, et toujours couverte du voile parant de la décence, le chapeau avancé sur les yeux, la démarche modeste, le ton à-peu-près comme celui de Lady Brigit, la mise comme Molly Hue, car tu ne pourrois t'abandonner à ton naturel comme faisoit autrefois Lady Ann. À présent la pauvre jeune femme est plus réservée, mais ni son naturel ni sa réserve ne te pouvoient convenir. Lady Brigit et Molly Hue voilà quels devoient être, et quels devront être encore, tes modèles. Je songeois à te le dire, mais je pensai qu'il n'en étoit pas tems ; qu'il falloit d'abord te laisser jetter ton feu et que lorsque cette grande ardeur auroit amené quelque sujet de réflexions timides, tu serois tout juste comme il le faudroit pour recevoir mes instructions. Reçois-les et hâte-toi de les mettre en pratique. Sois docile à proportion que tu dois être reconnoissante. Que n'ai-je pas fait pour toi, outre ce qui, je l'avoue, portoit avec soi sa récompense ? J'ai écarté Molly, et Charles privé de cette consolation, Charles isolé, dérouté, est prêt à s'appuyer sur le roseau qu'on lui présentera et qui devra le faire tomber. Après avoir écarté Molly je n'attendois pour m'éloigner que d'avoir vu chez toi des symptômes d'Inquiétude : si j'étois resté tu aurois fait quelqu'éclat indécent. Je pars. Je revendrai peut-être. Je verrai si mes conseils ont été suivis, s'ils ont eu un plein succès, enfin si je suis vengé de ces Stair odieux. Soyez modeste,

Jenny, et soyez adroite. Ayez l'air tendre et rêveur. Trouvez vous pensive sur les ruines. Faites des confidences, mais excepté à votre mere qui doit être instruite de tout, n'en faites que de fausses ; faites-les à des gens qui ne manqueront pas de les révéler. Mentez, comme vous faisiez avec moi, vous n'êtes pas sans talent pour le mensonge, et vous avez une impudence qui mieux dirigée vous méfiera au but. Ne vous en laissez pas écarter. Point de Jack par occasion, point de Nick par réminiscence. Charles Stair : entends-tu ? Il est le favori de son oncle, il sera riche, il est le beau-frere d'une fille de qualité. Un coup de parti seroit d'attirer chez toi son petit braque : d'enlever certain ruban bleu ou verd. Il iroit aux enfers pour le ravoir – il ira chez toi. Alors soupire, pleure. Fais semblant de savoir pourquoi le collier et le chien lui sont si précieux. Il se damneroit pour t'empêcher de dire ce que tu ne sais pas, ce que je ne te dirai pas, tout diable que je suis. J'irai savoir bientôt si la victoire est remportée. Oui, oui, oui ! Elle le sera. Je te dirai alors comment il en faut user. Lis deux fois cette lettre avec Jack qui l'expliquera les mots que tu n'entendras pas et même les choses, car le coquin a de l'esprit ; puis il me la rapportera car tu n'en as que faire, à moins que tu ne voulusses me jouer un tour, que je mériterois assez, mais dont pour le moment je ne me soucie pas. Ce seroit vraiment un beau procès ou un glorieux combat que celui qu'il faudroit soutenir pour Jenny Southwell ! La confusion m'ôteroit toute présence d'esprit et de cœur, Souviens toi cependant que je me tuerois plutôt mille fois que de t'épouser. »

Eh bien que faut-il faire, dit Monsieur Stair à son neveu, après qu'ils eurent achevé de lire la lettre ? – Epouser Jenny à moins qu'elle ne veuille elle-même m'en dispenser. – C'est bien du courage ! – Vous pourriez dire : c'est bien de la foiblesse. Il n'y a rien que je ne préférasse à une contention où peut-être – Quoi peut-être ? – où ma belle-sœur pourroit être nommée. Dans quelqu'accès de rage Jenny pourroit dire que je ne refuse de l'épouser que parce que j'aime la femme de mon frere. Ce que Melro lui-même ne s'est pas permis de dire, serai-je cause qu'on le dise ? – Il l'a dit, car elle le sait. J'outragerai, je tuerai votre oncle que vous aimez tant, et votre belle-sœur que vous aimez encore davantage. – Oh quel besoin de me repéter ces paroles ! les avois-je oubliées ? Les oublierai-je jamais ? Ce sont elles qui m'ont déterminé. À peine les avois-je entendues, j'allois promettre quand Jack est arrivé. – Melro a donc parlé. – Non je me serai trahi moi-même, sans le savoir, auprès de Jenny, ou Jack a dit ce qu'il avoit pu deviner aussi bien que Melro. Que je sois puni seul de toutes mes fautes, de ma passion insensée, de mon impardonnable foiblesse. – Tu n'as pas celle, j'espère, de craindre que cette furie n'attente à mes jours ni à ceux de Lady Ann. – Pardonnez-moi, je crains tout – Ah Charles ! Et tu ne crains pas la honte d'un pareil mariage ? – Il falloit ne la pas mériter. D'ailleurs il y auroit eu une autre honte à n'avoir été préservé de celle-ci que par la trahison d'un valet, le complice et le dénonciateur de son maitre. – Mais si l'enfant est à Melro ? – Cet enfant n'est peut-être aussi qu'une supposition, un mensonge. D'ailleurs l'enfant de Melro pourroit ressembler à ses parents. Il suffiroit pour cela qu'il fut élevé près de vous, Monsieur. Votre exemple a été notre éducation à tous. Flatteur, aimable flatteur ! s'écria Monsieur Stair, du ton d'un homme qui éprouve un grand plaisir, mais bientôt ; il devint pensif et sérieux. Enfin il dit comme s'il ne s'étoit pas laissé détourner de son sujet, peut-être l'enfant a-t-il Jack pour pere. – N'importe. – Vivras-tu, Charles, avec cette… Comment l'appellerai-je ? elle réunit les ruses et les fureurs d'un tigre avec la plus dégoutante corruption. – Non, Monsieur, et je lui ai dit. – Mais ne crains-tu pas qu'abandonnée à elle-même elle ne se livre à un désordre effréné, ne ruine ta fortune, n'avilisse ton nom ? Ici Charles tomba dans une rêverie profonde. Il soupira, pleura, quitta son oncle, puis revint le trouver. Je partirai d'abord après la cérémonie, dit-il, sous prétexte que je suis malade, alors vous l'observerez, et si elle se conduisoit mal et que cela pût être prouvé, je m'en ferois aussi-tôt séparer, si au contraire elle se repent et se conduit avec décence je devrai – me soumettre à tout mon sort.

Charles venoit de prononcer ces mots avec une douleur arnere quand on lui dit que Monsieur Thistle le demandoit. C'étoit l'avocat dont il a déja été question. Il apportoit une lettre signée de Jenny Southwell et conçue en ces termes.

Monsieur.
« Vous croyez peut-être que je renonce à vous épouser. Mais cela est fort loin de ma pensée et je compte me rendre plaignante contre vous, si vous ne ratifiez tout de suite la promesse que vous aviez déjà à moitié faite, quand un misérable est venu faire un incident dans notre affaire, qui pourroit bien la compliquer un peu, mais qui ne produira jamais rien de décisif contre moi. D'abord il vous faudroit vérifier l'écriture et prouver que la lettre n'a pas été forgée par Jack ni par vous lutine ; elle est d'ailleurs sans date ni signature. Puis il faudroit prouver que. j'aurois suivi les conseils qu'on m'aurait donnés. Tout cela seroit difficile ou pour mieux dire impossible quand même la chose seroit vraie, ce dont vous pensez bien que je ne conviens pas. J'ai prévu que vous pourriez de nouveau m'offrir de l'argent, et me répéter que vous ne vivriez pas avec moi : l'offre ne me tenteroit pas, la menace ne m'effrayeroit point, et j'ai cru par égard pour vous, devoir vous épargner des démarches inutiles. »

Charles sans dire un mot écrivit : Je consens à me marier demain avec Jenny Southwell.

Monsieur Stair se chargea d'instruire James et Lady Ann. On ne parla ni de Melro ni de la lettre. On dit seulement que Charles ne se portoit pas bien, ce qui n'étoit que trop vrai, et qu'en sortant tIe l'église il partiroit pour Bath. Lady Brigit à qui l'on Conseilloit depuis long-tems ce voyage obtint de son mari qu'elle iroit avec Charles. Elle proposa à Molly Hue de l'accompagner et Molly y consentit. Jamais voyageurs moins gais n'avoient été vus sur les belles routes d'Angleterre.

Beaucoup de gens à Yedburg soupconnoient la vérité, mais jaloux depuis long-tems des Stair parce qu'ils étoient devenus leurs supérieurs, il y en eut peu qui plaignissent Charles, et beaucoup qui dans l'occasion auroient soutenu Jenny. Si donc elle étoit toujours restée à Yedburg, dans quelque désordre qu'elle sût vécu, il auroit été difficile à soit mari d'en avoir, ou du moins d'en fournir la preuve.

La grand-mere de Charles ne voulut pas la voir ; sa mere la vit, l'appella sa fille, et eut des bontés pour elle. Lady Ann en eut aussi. Mais cela n'empêcha pas que Mistriss Stair ne s'ennuyât beaucoup, et au bout d'environ deux mois elle écrivit à Melro ; on ne sait pas précisement en quels termes, ni ce qu'il lui répondit. Ce qu'on sait, c'est qu'elle partit de Yedburg en disant qu'elle alloit joindre son mari a Bath, qu'arrivée à Newcastle elle y trouva Melro, et qu'après cela ils voyagèrent ensemble. Monsieur Stair étoit parti presqu'en même tems qu'elle, et la suivoit de près, étant instruit de sa route comme de ses déportemens par les aubergistes de chaque halte. Entr'autres particularités, il apprit que Melro vouloit par-tout quitter sa compagne et que par-tout elle l'obligeoit à continuer sa route avec elle. De sorte que le maître étoit à son tour gouverné par son écoliere, que l'homme subtil, l'homme du monde étoit entrainé par une femme d'un esprit grossier et qu'il méprisoit souverainement. Au reste s'il venoit comme malgré lui à Bath, ce n'étoit pas que rien semblât lui en interdire absolument le séjour. Il faut ici se souvenir que Melro ignoroit totalement l'usage que Jack avoit fait de sa lettre, et qu'aucune mésintelligence entre lui et les Stair n'avoit éclaté. Il croyoit donc pouvoir, avec autant de bienséance qu'un autre, se présenter à Monsieur Charles, Stair qui demeurant a Bath avec la cousine germaine de Melro en trouveroit d'autant moins étrange qu'il vint chez lui et chez elle ; ou ne sauroit du moins comment témoigner son mécontentement supposé qu'il en eût. Quant à Mistriss Stair elle avoit bien certains momens d'inquiétude, mais comme elle ne connoissoit ni son mari, ni le monde, cette inquiétude étoit fort vague et elle se gardoit bien de la montrer à Melro. La crainte d'être quittée et d'arriver seule à Bath l'emportoit sur toute autre considération et quand Melro lui demandoit la cause d'un souci qu'elle ne pouvoit toujours dissimuler, elle lui répondoit mille extravagances, se replongeant et lui avec elle dans cette ivresse, ce délire, qui est l'état ordinaire des personnes dégradées et qui rend leur perte inévitable.

Arrivé au dernier gîte, Monsieur Stair au lieu de mettre pied à terre, passa outre, et se trouva avoir d'autant plus d'avance sur Melro et Mistriss Stair, que ceux-ci y demeurerent longtems, parce que leur dispute fut plus longue que dans les précédentes stations. Sourd à tous les genres d'éloquence qu'avoit pu employer Mistriss Stâir, Melro alloit repartir pour l'Ecosse quand elle lui dit : Je ne vous conçois pas. J'aurois cru que la vue de votre dupe vous auroit infiniment réjoui. Non, dit Melro, je vous l'ai déjà insinué et enfin je vous le dis distinctement, j'ai à satieté de toute cette aventure. D'ailleurs on pourroit soupçonner ce qui s'est passé, ce que nous sommes, et il y a un degré d'impudence dont un homme comme moi n'est pas aussi capable qu'une femme… je ne dis pas comme vous, car on a vu des reines, des impératrices aller aussi loin que possible dans ce genre. Quoiqu'elles aimassent beaucoup le vice, elles en aimoient encore plus la publicité. Elles donnoient là-dessus dans une ostentation vraiment curieuse, et je pourrois vous en citer des traits… mais ce seroit prodiguer mal à propos mon érudition. Revenons à notre sujet. Que ferai-je à Bath ? – Nous, nous y verrons. – Non pardieu pas ! je vous ai plus qu'assez vue. – Vous jouerez. – Je n'ai point d'argent. – Vous en emprunterez. – De qui ? De juifs, d'escrocs, d'usuriers maudits ? – Oh, Monsieur Melro ! combien vous aviez plus d'invention quand vous avez voulu me perdre ! – Vous perdre ingrate ! Mais je conviens que cette belle avanture m'a mis à sec d'une Certaine énergie, et je ne me sens pas la moitié aussi méchant qu'il y a trois mois. Par exemple je ne puis résister à vos larmes. Allons, partons. Dieu ou le diable feront de moi ce qu'il leur plaira.

Arrivant à Bath long-tems avant eux, Monsieur Stair alla d'abord chez Lady Brigit, où il apprit que son neveu étoit allé voir les fameuses courses de Newmarket, et seroit absent pendant quelques jours. Lady Brigit se portoit beaucoup mieux qu'a son départ d'Ecosse. Monsieur Stair l'accompagna à l'assemblée où elle se disposoit à aller. Il ne lui dit rien du sujet de son voyage, mais il mit au fait deux ou trois hommes avec qui elle s'étoit liée, et parmi lesquels il y en a voit un qu'il connoissoit et qu'il estimoit.

Au bout d'une heure ou deux son domestique vint lui dire que Mistriss Stair et Melro étoient arrivés chez Lady Brigit ; que ne la trouvant pas, Melro avoit voulu aller se chercher un logement, mais que Mistriss Stair l'avoit obligé à entrer dans la maison avec elle, lui disant que son mari étant absent, rien ne de voit le gêner. Là-dessus Monsieur Stair pria Lady Brigit de vouloir retourner chez elle, et prenant les devants avec deux hommes, gens résolus et de sens rassis, ils entrerent si brusquement dans l'appartement que s'étoit fait donner Mistriss Stair, que rien ne resta douteux relativement à son inconduite.

Monsieur Stair enjoignit à Melro de se retirer sur le champ, et comme celui-ci faisoit quelque résistance, parlant d'insulte et de satisfaction, suivez-nous, lui dit Monsieur Stair, vous êtes au milieu de gens connus – je vous donnerai satisfaction sur l'heure.

Soit que Melro fut habituellement poltron, ou que la honte lui otât ce jour là, comme il l'avoit prédit en plaisantant, toute sa présence de cœur, il ne montroit aucune envie de se battre, et auroit voulu renvoyer au lendemain. Non, disoit Monsieur Stair, on ne sauroit trop tôt punir un misérable. J'en sais plus que vous ne croyez, Monsieur, sur votre compte. Une lettre de vous à Mistriss Stair, encore Jenny Southwell, m'a appris tout ce que vous êtes. – Quelle lettre ? expliquez vous, dit Melro toujours plus déconcerté. – Ce n'en est pas le moment, Monsieur. Mettez-vous en garde. – Je me fais quelque scrupule, Messieurs, d'un combat inégal vu l'âge de Monsieur Stair et le mien. – Mettez-vous en garde, Monsieur. Songez à vous défendre. Ne songez qu'à cela. Je prétends vous punir et ne veux pas vous tuer. Melro blessa légèrement Monsieur Stair, mais en même tems il reçut un coup d'épée, au-dessous du cœur, qui le fit chanceller, pâlir, tomber. Je suis un homme mort, dit-il, et il s'évanouit. On appella un chirurgien et il revint à lui, pendant qu'on le portoit dans une maison ou il pourroit recevoir tous les soins nécessaires.

Mistriss Stair se doutant du danger que couroit Melro, jettoit les hauts cris, et disoit beaucoup plus qu'elle ne croyoit dire. Lady Brigit la fit prier de porter ailleurs ses clameurs indécentes. Je suis chez mon mari, s'écria Mistriss Stair et l'on ne me fera pas sortir contre mon gré. Il fallut que Lady Brigit vint l'assurer que le logement avoit été pris sous son nom, et que Monsieur Stair étant absent, elle y étoit seule maîtresse. C'est ce que lui répéterent les hommes qui venoient de quitter Melro ; et Monsieur Stair lui ayant offert de l'argent, supposé qu'elle en manquât. la mit le moins rudement qu'il put à la porte. Où irai-je ? s'écrioit-elle en s'arrachant les cheveux. Vous avez Je choix lui dit-on, d'aller soigner Melro qui vient d'être blessé, ou de chercher toute autre demeuré. Faites enfin ce qu'il vous plaira après que vous nous aurez délivrés de votre odieuse présence.

Ce fut chez Melro qu'elle alla. Il l'envoya à Bristol, où il fut la joindre dès que sa blessure le lui permit. À peine entré en conversation avec elle, il lui fit des questions si adroites au sujet de la lettre dont Monsieur Stair avoit parlée, qu'il sut bientôt tout ce qui s'étoit passé. Sa surprise et son indignation furent extrêmes. – Quoi m'obliger à venir à Bath, et m'exposer à un si juste ressentiment ! Vous étés un monstre, lui dit-il. Je serois un monstre, répondit Mistriss Stair, si je faisois comme vous des noirceurs réfléchies. Je vous ai expose, il est vrai, mais sans savoir précisément à quoi. Après tout vous n'êtes pas mort. Vous guérissez, vous êtes trop heureux, et un peu de sang répandu et de douleurs souffertes sont pour vous une peine trop légere. C'en est trop, dit Melro pâle et tremblant, c'en est trop et je vous quitte, odieuse mégere ! Je pourrai, je l'espère, ne vous jamais revoir, mais votre image me poursuivra, accompagnée des plus amers regrets. Tant mieux, tant mieux ! s'écria Mistriss Stair avec un rire infernal. Puissé-je en devenant l'instrument de votre punition, avoir expié comme disoit Jack, beaucoup de fautes, et mérité l'indulgence du ciel ! C'est ainsi qu'ils se quittèrent.

Charles Stair instruit de ce qui venoit d'arriver consentit à demander son di vorce et n'eut pas de peine à l'obtenir. Pendant que cette désagréable affaire se terminoit, il partit pour l'Espagne pour y joindre Lord D. Bientôt

Monsieur Stair l'y suivit, après avoir pris différens arrangemens, et assuré à Jenny une pension dont elle ne pourroit jouir que hors de l'Ecosse, et qu'elle perdoit pour toujours si elle eut une seule fois franchi les limites des deux Royaumes. Monsieur Stair voulut soustraire par là James, et sa femme, et sa mere, au déplaisir de la revoir.

Il y avoit quelques mois que Lord D. avoit écrit à ses parens d'Ecosse qu'il alloit à Madrid. La guerre étoit déclarée : déja même l'armée angloise avoit laisse la Hollande, fatiguée de ses alliés, tomber au pouvoir de son ennemi, de porte que ni la Hollande, ni la France, ne pouvoient recevoir Messieurs Stair. Ils sont encore en Espagne, où Lady Brigit qui a passé deux ans en Italie, et en a été chassée par l'invasion des François, les est allé joindre. Molly Hue ne l'a pas quittée. Molly parle souvent avec Charles d'Old-Yedburg : ils chantent ensemble des chansons qui les replacent au milieu de ses ruines chéries et dans les tems d'autrefois. Le vieux Lord en est touché. Monsieur Stair et son neveu s'attendrissent jusqu'aux larmes, et font des vœux pour revoir encore une fois des lieux si chers à leurs souvenirs. Cependant ils ne songent point à quitter Lord D. tant qu'il vivra, et leur douce présence prolonge sa vie. Lady Brigit a reçu tout récemment la nouvelle de la mort de son mari, hâtée par des excès de tout genre. On ne peut pas la quitter, non plus que Lord D., et fatiguée du long voyage qu'elle vient de faire, de quelque tems elle ne sera pas en état d'en soutenir un qui seroit plus long. D'un autre côté James et sa femme ne peuvent pas venir se réunir à eux. Leur grand-mere, leur mere, le vieux Hill mourroient s'ils s'éloignoient aussi. Ils ont tant de peine déjà à soutenir l'absence des deux Charles ! James a d'ailleurs deux petits garçons qu'on ne peut pas faire encore voyager ; mais quand il ne seroit pas attaché à sa terre natale par tant de liens, il ne l'en quitteroit pas davantage. Devenu propriétaire de Teiflodge, par un arrangement qu'a fait avec lui son beau-pere, tous les jours il vient visiter les ruines d'Yedburg. Il croit n'y passer que pour aller voir sa inere et sa grand-mere, mais son cœur tient au lieu où se sont écoulées les plus belles heures de son heureuse enfance, et il y a déja mené ses deux fils. Puissent-ils y trouver des compagnes qui ressemblent à leur mère ! Lady Ann Stair est la plus aimable et la plus méritante des femmes.

Quel sentiment éprouvera son beau-frere si jamais il la revoit ? C'est ce qu'il ne peut pas prévoir, et il craint même d'interroger son cœur de peur d'en recevoir des réponses alarmantes, mais il dit hautement que s'il survient des troubles en Écosse, il n'y retournera pas. Qui est-ce, dit-il, qui voudroit prendre parti entre un Melro et une Jenny Southwell, entre une noblesse dépravée et des plébéiens sans vertu ? On devine assez ce que Lord D. pense des révolutions ; Monsieur Stair est résolu à les fuir de contrée en contrée, dût-il faire pour cela le tour du globe. Ce n'est pas qu'il décide qu'aucun pays puisse, doive, ne pas subir de grands changemens. Mais pour être nécessaires ou inévitables il ne les en trouve pas moins désastreux. Les plus sages constitutions, dit-il, ne seront respectées ni de ceux qui les ont faites, ni de ceux qui les ont vu faire, car outre qu'ils savent trop comment elles se sont faites, et à combien peu il a tenu qu'elles ne fussent fort différentes de ce qu'elles sont, ils ne se fieront pas à leur durée, ils ne se fieront pas à des loix de nouvelle date et voudront toujours, à tout événement, prendre soin d'eux-mêmes, se faire leur propre part dans la fortune publique, et être leurs propres gardiens leurs propres juges, leurs propres vengeurs. En vain se flattera-t-on que l'intérêt de tous obtiendra de chacun des concessions, de la modération, de l'obéissance, car nul ne compte assez sur les avantages futurs qu'on lui promet, pour vouloir leur sacrifier des jouissances prochaines – ses passions présentes. Oh, puisse ma terre natale échapper à ces explosions des volcans souterrains qui pendant un siecle peut-être, ne laisseroient pas reprendre au sol, une assiette stable et tranquille ! Puissent les ruines d'Yedburg être respectées des volcans et des orages ! Puissé-je y aller achever ma vie, et mourir avant de les avoir vu détruire !

Quelques
Quelques-unes des lettres de Charles à son frère, telles que Monsieur Stair les trouva dans le portefeuille que Charles lui remit, la veille du

mariage de James avec Lady Ann Melro.

N'aurois-je pas acheté par une si longue contrainte, par un si pénible silence le droit de parler enfin ? Ne me pardonneras-tu pas, mon cher James, un aveu si étrange, quand tu sauras que depuis des semaines, des mois, je pense tous les jours à le faire, et que je me l'interdis tous les jours ? Mais l'aveu dont il s'agit est-il en effet si étrange ? Tu ne devras pas en être surpris, en serois-tu indigné ? Aimer ce que tu aimes ne te paroitra-t-il pas fort naturel ? oui, mais te le dire ! ô James ! dans le trouble où je suis je ne puis démêler si c'est faire bien ou mal. Quelquefois une telle confession me paroit odieuse, d'autres fois je la crois nécessaire, il me semble que je te la dois. Te ferai-je vivre avec un frere que tu ne connoitras point ? Tu auras en lui la plus entiere confiance, et la payerat-il par une profonde dissimulation ? mais je pourrois m'en aller loin de toi, loin de Yedburg. Le voudrois-tu James ? Nous nous sommes toujours tant aimés ! Ne payerois-tu pas trop cher le bonheur même de tort mariage lorsqu'il te coûteroit ton frere ? Si je lisois dans cet autre cœur soit de l'amour pour toi, soit de la préférence pour moi, je serois décidé. Dans le premier cas ma bouche seroit à jamais fermée ; dans le dernier je te dirois tout, et avec d'autant moins de répugnance et de confusion que je pourrois jurer n'avoir rien fait pour me faire aimer. J'ai aimé. Voilà tout. J'ai souffert, et je me suis tu. Oui, j'ai beaucoup souffert, non pas dans les commencemens, quand la parfaite innocence et la parfaite sécurité regnoient dans mon sein. L'innocence y regne encore, mais ce n'est plus la tranquille innocence, c'est le fruit des combats et d'une rigoureuse surveillance sur moi-même. Je l'aime James, je l'aime, cela est dit enfin clairement. Crois-tu l'aimer autant que je l'aime ? En ce cas il faut la garder, sinon cède-la moi, et pour juger combien je l'aime, pense, vois, ce que m'a dû coûter cet aveu.

Je t'ai déja écrit plusieurs lettres James. Tu ne les as pas reçues et ne les recevras pas. Pourquoi ne devines-tu pas ce que je ne puis me résoudre à te dire ? Cela est-il si difficile à deviner ? Y a-t-il même rien de plus naturel ? Je ne conçois pas qu'on ne l'ait pas prévu ; non pas toi, mais mon oncle. Sa sollicitude s'assoupit quelquefois. Il craint de faire du mal, mais il ne pense peut-être pas assez au mal qui pourroit arriver, et le mal arrive. Par exemple il ne vouloit pas nous donner une éducation, mais avec lui on en prend une et si c'est un malheur que d'avoir plus d'idées que le vulgaire, de craindre, d'espérer plus vivement, je l'ai, ce malheur, autant que si j'eusse passé mon enfance dans les meilleures écoles, et mon adolescence dans les plus célébrés universités. Mais non, ce n'est peut-être pas un malheur. Quand ce seroit un malheur voudrois-je qu'on me l'eût épargné ? Voudrais-je n'avoir pas vécu avec mon oncle et ne le pas chérir ? Voudrois-je ne pas connoitre cet autre sentiment qui me tourmente ? Je souffre et me plains, mais je ne sais si je renoncerois à ma peine.

Je crois que mon oncle eut raison autrefois de dire que le nom de James portoit bonheur. Il n'en voulut pas dire autant de celui de Charles. Mais plutôt mon cher James, tu es heureusement né, et tu as pris de mon oncle seulement ses maniérés honnêtes, et son langage pur et poli. Une délicatesse outrée ne te tourmente pas. Ton regard est franc et ouvert, ton front est serein, ton cœur est bienveillant, ton humeur égale et facile. James a mille moyens d'être heureux, à peine y auroit-il un moyen de bonheur pour son pauvre frere.

Je reprens la plume mon cher James. Je t'ai écrit plusieurs fois, mais chaque fois je me suis embarassé dans des réflexions étrangeres à ce que je voulois t'apprendre. Comment n'a-t-on pas prévu qu'étant seul, tous les jours, dans les champs, dans les bois, chez son père avec…

N'aurois-tu point vu, James, à Glascow une autre jeune fille, belle, naïve, gaye, et pourtant modeste, une autre jeune fille en un mot qui pût te plaire ? Il n'y a qu'une jeune fille au monde pour Charles, n'y en a-t-il aussi qu'une pour toi ?

Si ta promise, ta presqu'épouse, te
préféroit un autre homme, mon cher James, seroit-ce un bonheur pour

toi de serrer le noeud de l'hymen ? Je ne le pense pas. Et si cet homme étoit ton frere ? Ne veux-tu pas qu'on lui demande lequel de nous deux elle aime le mieux ? Si c'est toi, non seulement je me consolerai, mais je crois que je serai réjoui. Actuellement je suis tourmenté, non seulement d'amour, mais de scrupules. Ne penses pas que j'aye cherché à plaire, mais j'ai aimé. Jamais je n'ai dit que j'aimois : jamais aussi on ne m'a dit qu'on m'aimoit : non seulement pas une parole, mais pas un regard ne me l'a dit. Au contraire ; donnois-je des fleurs, on les lioit avec un ruban qui venoit de toi, un porte-feuille, on y'a placé tes lettres. Non, James, elle ne m'aime pas, mais je l'aime comme un fou. Avec cela je ne souhaiterois pas qu'elle me préférât et devint ma femme. D'abord à cause de toi. Que deviendrois-tu, et qui trouverois-tu pour la remplacer ? Et puis aussi pour. elle-même. Quelle différence entre toi et moi ! Non seulement tu es destiné a plus de fortune et à plus d'honneurs, ce qui doit plaire à une personne dont le cœur est, non pas fier, mais noble, généreux et digne du rang le plus élevé ; mais tu vaux mieux que moi. Ton ame est plus égale, ton esprit est plus sage que le mien. Jamais tu n'eusses pris de l'amour pour celle qu'on m'auroit destinée, eût-elle été un ange en beauté, en grâces, en douceur, eût-elle été l'ange qui doit être a toi. Moi, j'ai laissé naître en moi une passion que je condamne. Comme je suis peu raisonnable je serois inégal, peut-être jaloux. Je ne me croirois point assez aimable et j'aurois raison. Je crois éprouver tout ce qu'une éducation soignée peut avoir de plus grands inconvéniens. Quoique j'ignore presque tout je pense à tout, et je suis difficile à contenter sur tout. O James ! laissons donc aller les choses comme elles doivent aller : elle en sera mille fois plus heureuse. – Si pourtant – Non. Je ne pourrois supposer ton chagrin. Apprens donc seulement pourquoi, si je pare avant ton mariage, avant ton retour.

apprens pourquoi je serai parti. Yedburg, ruines chéries de Yedburg, ma mere, mon oncle, mon frere, pourrois-je me résoudre à vous quitter pour toujours ? Mon cœur se fend. Oh ! coulez mes larmes, et puissiez-vous me soulager.